EL MARTÍN PESCADOR

El Martín Pescador

Recordando la Magia

Jeff Malderez

Jeff Malderez Artista

CONTENTS

Para Charlotte, Amara y Genesis.
¡Recuerden la magia, siempre!

"Y, sobre todo, observa con ojos brillantes todo el mundo que te rodea, porque los mayores secretos siempre están escondidos en los lugares más inesperados. Quienes no creen en la magia nunca la encontrarán".

Roald Dahl

ESA ES LA MAGIA

La magia es ese susurro en el viento,
Un secreto compartido por hojas que giran.
Es el brillo en los ojos de un niño,
El deseo silencioso mientras las estrellas pasan.

La magia es la primera luz del amanecer,
Persiguiendo sombras, terminando la noche.
Es la danza de las luciérnagas al anochecer,
El aroma de la lluvia, el dulce almizcle de la tierra.

La magia es el vínculo invisible,
Entre corazones donde ha estado el amor.
Es el sueño que alimenta el alma,

El hilo invisible que nos hace enteros.

La magia es el pincel del artista,
Convertir el silencio en silencio.
Es la canción entre la brisa,
El suave balanceo de árboles antiguos.

La magia es el desenfoque de la frontera,
Donde todos son Uno, ninguna línea disuade.
Es el vuelo sin fin del espíritu,
En el tapiz de la noche.
Esa es la magia, y mucho más,
Un baile atemporal en la vasta orilla de la vida.
Es la esencia de lo invisible,
El pulso eterno en todo lo que ha sido.
Esa es la magia...

La magia es...

Magia.

PRÓLOGO

El reino olvidado

El reino de Etherea, un lugar donde el velo entre lo místico y lo mundano es muy delgado, guarda una verdad conocida solo por quienes se atreven a buscarla. Aquí, los ríos cantan sabiduría ancestral, las montañas susurran secretos antiguos, y los vientos llevan la risa del cosmos. Es en este lugar donde Aria, una buscadora de la verdad y artista de las visiones, se encuentra una vez más en la cúspide de un viaje transcendental. Un viaje que la llevará más allá de lo conocido, al corazón de lo desconocido, donde la magia y la realidad se entrelazan.

Aria, que una vez había buscado la sabiduría del Fénix y descubierto la danza eterna de la vida, la muerte y el renacimiento, ahora se encuentra en un nuevo capítulo de su existencia. Las lecciones del Fénix se han convertido en la base de su ser, sin embargo, se presenta un nuevo desafío: una llamada desde las profundidades de su alma para explorar las doce virtudes de la existencia. Estas virtudes, intuye ella, son las claves para descubrir una comprensión más profunda de sí misma, de la humanidad y del universo.

Y así, con un corazón lleno de coraje y espíritu de artista, Aria se adentra en lo desconocido, donde le espera el camino de las doce virtudes. Guiada por fuerzas misteriosas y acompañada por seres de luz y sabiduría, el viaje de Aria se desarrolla en los siguientes capítulos, cada uno revela una verdad que la transforma a ella y al mundo que la rodea. Y así, comienza...

1

HONESTIDAD

EL ESPEJO DEL ALMA

La primera luz del amanecer irrumpió sobre Etea, pintando el cielo con tonos de oro y lavanda. Aria se sentó junto a un lago cristalino, con su cuaderno de bocetos abierto en su regazo, reflejando la belleza que tenía ante sí. Mientras sus dedos se movían por la página, capturando el delicado equilibrio de luz y sombra, sintió una presencia a su lado: un destello de azul turquesa iridiscente.

Era el Martín Pescador, un ave común para la mayoría, pero no para Aria. Para ella, este pájaro era un mensajero, un puente entre el mundo que conocía y los misterios más profundos que se escondían más allá.

"Buenos días, Aria" trinó el Martín Pescador, con su voz suave y dominante. "¿Qué verdad buscas hoy?"

Aria sonrió, con el corazón iluminado por la presencia del pájaro. "Busco la verdad de la honestidad, querido amigo. ¿Cómo ve uno el mundo y a sí mismo con ojos verdaderos?"

Las plumas del Martín Pescador brillaron mientras amartillaba su cabeza, considerando sus palabras. "La honestidad es el espejo del alma, Aria. No se trata simplemente de decir la verdad a los demás, sino también de verse a sí mismo sin ilusión".

Con eso, el Martín Pescador llevó a Aria a la orilla del lago, donde el agua estaba quieta y clara. "Mira al agua, ¿y qué ves?"

Aria se asomó al lago, viendo su reflejo mirándola fijamente. Pero cuando miró más profundamente, la imagen comenzó a cambiar. Se veía a sí misma, no como aparentaba, sino como realmente era: sus miedos, sus deseos, sus fortalezas y sus debilidades, todo estaba al descubierto.

"Es... abrumador" susurró, con lágrimas en los ojos. "¿De verdad soy yo?"

El pájaro asintió. "Sí, Aria. Esta es la verdad de quién eres. La honestidad no trata de la perfección, sino de reconocer cada parte de ti misma. Solo aceptando todo tu ser puedes empezar a crecer".

Aria miró fijamente su reflexión, las lágrimas ahora caían libremente. Fue una experiencia humilde, verse a sí misma sin los filtros que sin saberlo había colocado sobre sus ojos. Pero al caer las lágrimas, ondularon la superficie del lago, y algo increíble sucedió: las ondulaciones transformaron su reflejo, mezclando su imagen con el mundo que la rodeaba. Ella ya no era solo Aria; era parte del agua, del cielo, de la tierra.

"En verdad", continuó el Martín Pescador, "no estás separada del mundo, sino que eres parte de él". Cuando te ves honestamente, ves la conexión que compartes con todas las cosas".

Con esta revelación, Aria sintió un cambio profundo dentro de ella. La honestidad que buscaba no era solo enfrentarse a su propia verdad interior, sino reconocer su lugar en el gran tapiz de la vida. Agradeció al Martín Pescador, su corazón más ligero, su visión más clara, y continuó su camino, dispuesta a abrazar la siguiente virtud.

2
ESPERANZA

A medida que Aria se adentraba más en Etea, el paisaje comenzó a cambiar. Los campos antes brillantes y abiertos dieron paso a un bosque denso, donde el dosel de arriba bloqueó el sol, proyectando largas sombras en el camino que queda por recorrer. El aire era espeso con el aroma del musgo y la tierra, y el único sonido era el lejano llamado de un búho.

En este bosque oscurecido, Aria sintió el peso de la duda colándose en su mente. El camino era incierto, y cada paso parecía conducir más profundamente a lo desconocido. Su confianza anterior comenzó a disminuir, y se preguntó si estaba realmente lista para enfrentar los desafíos venideros.

Fue entonces cuando Jerjes, el profeta persa, apareció a su lado. Su presencia se calmaba, sus túnicas brillaban con una luz suave que parecía alejar la oscuridad.

"No temas, Aria" dijo Jerjes, con su voz una melodía relajante. "Este es el bosque de la duda, donde nace la luz de la Esperanza".

Aria lo miró, con los ojos muy abiertos de confusión. "¿Esperanza? Pero todo lo que veo es oscuridad. ¿Cómo puede existir esperanza en este lugar?"

Jerjes sonrió, poniendo una mano sobre su hombro. "La esperanza no se encuentra en la ausencia de oscuridad, sino dentro de ella. Es la luz que nos guía cuando todo parece perdido, la creencia de que hay un camino a seguir incluso cuando el camino está oculto".

Mientras hablaba, una pequeña luz apareció a lo lejos, un débil y parpadeante resplandor que parecía bailar entre los árboles. Jerjes hizo un gesto hacia ella. "Sigue la luz, Aria. Confía en su guía".

Con una respiración profunda, Aria comenzó a caminar hacia la luz. La oscuridad a su alrededor parecía hacerse más espesa con cada paso, pero la luz permanecía constante, siempre un poco por delante. A medida que se acercaba, las sombras comenzaron a desplazarse y a cambiar, revelando atisbos del camino que ella había creído perdido.

Finalmente, llegó a la fuente de la luz, una linterna única y delicada colgada de la rama de un árbol antiguo. El resplandor de la linterna era suave pero inquebrantable, un faro en la noche.

"Esta es la esencia de la Esperanza" explicó Jerjes, de pie junto a ella. "Es la luz que brilla en los momentos más oscuros, recordándonos que siempre hay un camino a seguir. Es la creencia de que incluso ante la desesperación, podemos encontrar nuestro camino".

Aria extendió la mano para tocar la linterna, sintiendo su calor. En ese instante, ella entendió. La esperanza no era un sueño lejano ni un deseo fugaz; era una llama constante dentro de ella, una luz que la guiaría a través de cualquier oscuridad.

Con fuerzas renovadas, Aria agradeció a Jerjes y continuó su viaje, la linterna de la Esperanza ahora parte de ella, iluminando su camino.

3
FE

EL PUENTE A LO DESCONOCIDO

Dejando el bosque atrás, Aria se encontró de pie en el borde de una gran sima. El suelo cayó en un abismo tan profundo que su fondo se perdió en la sombra. Al otro lado, ella podía ver la continuación de su camino, pero no había puente, no había forma de cruzar.

Mientras miraba fijamente a las profundidades, un sentimiento de incertidumbre se apoderó de ella. ¿Cómo podría cruzar semejante brecha? La distancia parecía insuperable, y el vacío de abajo era aterrador en su vacío.

Fue entonces cuando Génesis, el Ser Altamente Evolucionado de otro reino, apareció ante ella. Su forma era radiante, su presencia de otro mundo, y su voz resonaba con sabiduría desde más allá de las estrellas.

"No tengas miedo, Aria" dijo Génesis, con los ojos llenos de compasión. "Este abismo representa lo desconocido, la gran división entre lo que es y lo que podría ser. Para cruzarlo, debes tener Fe".

Aria la miró, con el corazón latiendo. "¿Fe? Pero, ¿cómo puedo tener fe cuando no hay manera de cruzar?"

Génesis sonrió, con la mirada inquebrantable. "La fe es el puente que te conecta con lo desconocido. Es la confianza de que, incluso cuando no se puede ver el camino, existe. La fe no se trata de saber lo que nos espera, sino de creer que lo que venga, tienes la fuerza para enfrentarlo".

Con un gesto suave, Génesis la animó a dar un paso adelante. Aria dudó, el miedo roía su determinación. Pero al mirar a los ojos del Génesis, sintió una profunda sensación de paz. Respirando hondo, cerró los ojos y dio un paso hacia el vacío.

Para su asombro, no cayó. Bajo su pie, un puente de luz comenzó a formarse, extendiéndose hacia el abismo. Cada paso que dio se encontró con otro segmento del puente, como si el acto mismo de avanzar creara el camino mismo.

Al cruzar, el miedo que una vez se había apoderado de ella comenzó a desvanecerse, reemplazado por un profundo sentido de confianza. No sabía lo que le esperaba, pero ya no necesitaba hacerlo. La fe le había demostrado que el camino se revelaría, paso a paso.

Cuando llegó al otro lado, Génesis la estaba esperando. "Has aprendido la lección de la Fe, Aria. Es la confianza que nos guía a través de lo desconocido, la creencia de que nunca estamos solos, incluso en los momentos más oscuros".

Aria asintió, la gratitud se inflamó en su corazón. Había cruzado la sima, no solo físicamente, sino también espiritualmente. La fe se había convertido en una parte de ella, una fuerza guía que la llevaría a través de los desafíos aún por venir.

4
VALOR

EL RUGIDO DEL CORAZÓN

El paisaje delante era salvaje e indómito, con montañas dentadas que se elevaban en lo alto del cielo, sus picos perdidos en las nubes. El camino se hizo más empinado, el aire más delgado, mientras Aria subía más alto en las montañas de Etea. El viento aullaba a su alrededor, una fuerza feroz e implacable que parecía decidida a hacerla retroceder.

Pero Aria siguió adelante, con el corazón puesto en el viaje. Sin embargo, a medida que subía, comenzó a sentir el peso del miedo presionándola. Las alturas eran vertiginosas, la caída por debajo peligrosa. Cada paso parecía un desafío, y el rugido del viento solo amplió las dudas que arremolinaban en su mente.

En la cumbre, se encontró cara a cara con un gran león, su melena salvaje y los ojos ardiendo con un feroz fuego interior. La presencia del león era abrumadora, símbolo de fuerza y poder crudo.

"Has alcanzado la cima del Valor" gruñó el león, con su voz resonando entre las montañas. "Pero el valor no es la ausencia de miedo; es su dominio".

Aria sintió temblar las rodillas mientras miraba al león. "¿Cómo domino mi miedo? Se siente tan fuerte, tan real".

Los ojos del león se suavizaron y se acercó. "El miedo es una parte natural del viaje, Aria. No es algo que deba desterrarse, sino algo que deba entenderse. El valor nace cuando te enfrentas a tu miedo, lo reconoces y eliges seguir adelante de todos modos".

Con un profundo rugido, el león desató un estallido de energía que se extendió sobre Aria, llenándola de una feroz determinación. Podía sentir su miedo, pero junto a él, sentía algo más fuerte: un fuego en su corazón, un rugido propio que ahogaba las dudas y las inseguridades.

"Este es el rugido del corazón" dijo el león, con su voz ahora suave. "Es la voz del Valor, la fuerza para mantenerse firme ante la adversidad, para avanzar incluso cuando el camino es traicionero".

Aria respiró profundamente, sintiendo el poder del Valor dentro de ella. Miró hacia las montañas, el miedo seguía presente pero ya no tenía control. Era la dueña de su viaje, el león de su propio corazón.

Con un guiño agradecido al león, Aria descendió la montaña, con sus pasos seguros y fuertes. El valor era ahora parte de ella, una fuerza que la llevaría a través de las pruebas que se avecinaban.

5

INTEGRIDAD

EL CÍRCULO ININTERRUMPIDO

A medida que Aria descendía de la montaña, el paisaje se transformó en una vasta llanura, donde la tierra se encontró con el cielo en un horizonte sin fin. Aquí, el aire estaba inmóvil y el silencio era profundo, como si el mundo mismo estuviera conteniendo la respiración.

En el centro de la llanura se alzaba un círculo solitario de piedra, antiguo y desgastado, pero que exudaba una poderosa energía. Cuando Aria se acercó, sintió un profundo sentido de reverencia. Las piedras parecían zumbar con una resonancia que resonaba en su alma.

Fue aquí donde Jerjes apareció una vez más, su forma brillando a la luz de la tarde. "Bienvenida al Círculo de la Integridad, Aria", dijo, con la voz llena de sabiduría. "Aquí es donde aprenderás la virtud de vivir en alineación con tu verdadero yo".

Aria entró en el círculo, sintiendo la energía de las piedras que la rodeaban. "¿Qué es la integridad, Jerjes? ¿Cómo se vive con ello?"

Jerjes caminó hacia el centro del círculo, con la mirada fija. "La integridad es el círculo ininterrumpido, el estado de ser completo e indiviso. Es vivir en verdad contigo misma, alineando tus acciones con tus valores y creencias más profundas. Cuando vives con Integridad, tu vida se convierte en un reflejo de tu verdadero yo, un espejo de lo divino interior".

Mientras hablaba, las piedras comenzaron a brillar, representando cada una un aspecto diferente del ser de Aria: sus pensamientos, sus palabras, sus acciones. El resplandor latía en ritmo, creando una armonía que resonaba con el latido de su corazón.

"Para vivir con integridad", continuó Jerjes, "primero debes conocerte a ti misma, y luego elegir vivir de una manera que honre esa verdad. No siempre es fácil, porque el mundo te pondrá a prueba, pero la integridad es la base de una vida bien vivida".

Aria cerró los ojos, sintiendo la energía del círculo fluir a través de ella. Vio momentos de su vida, momentos en los que había actuado en alineación con su verdadero ser, y momentos en los que no lo había hecho. El contraste era marcado, y sintió una profunda determinación de vivir con mayor integridad a partir de ese momento.

Cuando abrió los ojos, las piedras brillaban intensamente, su energía ahora formaba parte de ella. Sabía que vivir con integridad era una elección diaria, un compromiso consigo misma y con lo divino dentro de ella.

Con el corazón lleno de determinación, Aria salió del círculo, la lección de integridad ahora tejida en el tejido de su ser. Estaba lista para enfrentar lo que le esperaba, sabiendo que lo haría con verdad y honor.

6
DISPOSICIÓN

LA PUERTA ABIERTA

Mientras Aria continuaba su viaje, el camino la condujo a una gran puerta, alta e imponente, colocada en un muro de piedra. La puerta era vieja, su superficie cubierta de intrincadas tallas que contaban historias de viajes y misiones, de elecciones hechas y caminos tomados.

Pero la puerta estaba cerrada, y por más que Aria empujara, no se movía.

Fue entonces cuando el Martín Pescador apareció nuevamente, posándose sobre una rama por encima de la puerta. Sus plumas brillaban a la luz del sol, y sus ojos brillaban de conocimiento.

"Aria," gritó el pescador, "esta puerta representa la virtud de la disposición. No es algo que pueda forzarse a abrirse, sino algo que debe aceptarse".

Aria lo miró, desconcertada. "¿Pero cómo lo abro? ¿Cómo abrazo la disposición?"

El Martín Pescador revoloteó hacia abajo para sentarse en su hombro, con su voz suave en su oído. "La disposición es la puerta abierta, la disposición para abrazar lo que se te presente. Se trata de estar abiertos al cambio, al crecimiento y al viaje en sí. La puerta se abrirá no cuando empujes, sino cuando estés lista para caminar a través de ella".

Aria cerró los ojos, respirando hondo. Pensó en todas las veces que se había resistido al cambio, se aferró a lo familiar y temía lo desconocido. Se dio cuenta que para continuar su viaje, necesitaba dejar ir esa resistencia, estar dispuesta a aceptar lo que estuviera más allá de la puerta.

Con una profunda exhalación, ella soltó sus miedos y dudas. Sintió un cambio dentro de ella, un ablandamiento, una apertura. Cuando abrió los ojos, la puerta ya no era un obstáculo, sino una invitación.

Con un suave empujón, la puerta se abrió, revelando el camino que tenía por delante. El Pescador Martín gorjeó en aprobación, y Aria dio un paso adelante, con el corazón abierto a lo que había más allá.

La disposición era ahora una parte de ella, una disposición para abrazar lo desconocido con gracia y coraje. Sabía que mientras permaneciera abierta, las puertas de su viaje continuarían abriéndose ante ella.

7

HUMILDAD

LA FLOR EN EL POLVO

El camino más allá de la puerta condujo a Aria a un desierto, vasto e interminable, donde el sol ardía en lo alto del cielo, y la tierra se agrietaba bajo sus pies. El viaje era arduo, el calor intenso, y con cada paso, Aria sentía el peso del agotamiento que pesaba sobre ella.

Mientras deambulaba por el desierto, con la garganta seca y el espíritu agotado, se encontró con una sola flor que crecía en medio del paisaje estéril. Era una floración sencilla, pequeña y sencilla, pero su presencia en el duro desierto era un milagro en sí mismo.

Fue aquí donde Jerjes apareció una vez más, su forma brillando en el calor. "Esta es la flor de la humildad, Aria" dijo con voz suave. "En un lugar donde nada más crece, florece. La humildad es la capacidad de ver la belleza y el valor en lo pequeño, lo simple, lo pasado por alto".

Aria se arrodilló junto a la flor, maravillada por su resistencia. "¿Pero qué significa ser humilde, Jerjes? ¿Cómo puede algo tan pequeño ser tan poderoso?"

Jerjes sonrió, con los ojos llenos de sabiduría. "La humildad no consiste en pensar menos en ti misma, sino en verte a ti misma como realmente eres, una parte de algo más grande. Es el reconocimiento de que todos somos iguales ante los ojos del universo, que todos somos flores en el desierto, cada uno con su propia belleza y propósito".

Mientras hablaba, Aria sintió una profunda sensación de paz. Había pasado gran parte de su vida esforzándose, buscando algo más, pero en este momento, se dio cuenta del poder de simplemente ser. De reconocer su lugar en el mundo, no como algo separado o por encima, sino como parte del todo.

La flor en el polvo se convirtió en un símbolo de esta verdad. Era pequeña, pero fuerte. No es necesario ser grande o poderoso para tener valor. Simplemente lo era, y eso fue suficiente.

Con el corazón lleno de humildad, Aria se puso de pie. Agradeció a Jerjes y continuó su viaje, con la lección de humildad floreciendo dentro de ella. Ahora sabía que la verdadera fuerza no provenía de estar por encima de los demás, sino de reconocer la humanidad compartida en todos.

8

AMOR

EL CORAZÓN DEL UNIVERSO

El viaje de Aria por el desierto la llevó finalmente a un oasis, un lugar de verdor exuberante y agua fresca y clara. Era un lugar de descanso y rejuvenecimiento, un santuario en medio del duro desierto.

Mientras bebía del manantial y descansaba bajo la sombra de un gran árbol, sintió cómo una profunda sensación de paz se asentaba en su interior. Fue aquí, en este lugar de serenidad, donde Génesis apareció una vez más.

Aria," dijo Génesis, con la voz llena de calidez, "has llegado lejos en tu viaje, y ahora es tiempo de comprender la mayor virtud de todas: el Amor".

Aria la miró, y su corazón se llenó de emoción. "¿Amor? Pero he conocido el amor en muchas formas. ¿Qué más hay por aprender?"

Génesis sonrió, y sus ojos brillaban con una luz que parecía provenir del mismo corazón del universo. "El amor es la esencia de todas las cosas, la fuerza que une al universo. Pero el amor del que hablo no es solo el amor entre individuos, sino el Amor que es el fundamento de la existencia misma".

Mientras hablaba, el oasis a su alrededor parecía cobrar vida. Los árboles, el agua, la misma tierra pulsaban con una energía suave, un ritmo que Aria podía sentir en lo profundo de su propio corazón.

"Este es el Amor que trasciende todas las fronteras", continuó Génesis. "Es el Amor que conecta a todos los seres, todas las cosas. Es el latido del universo, la canción de la creación. Es incondicional, abarcador y eterno".

Aria cerró los ojos, dejando que la energía del oasis se apoderara de ella. Ella sintió la verdad de las palabras de Génesis profundamente en su alma. Este era un Amor que no dependía de nada externo, un Amor que simplemente era. Era el amor que siempre había buscado, pero que nunca había comprendido del todo hasta ahora.

Cuando abrió los ojos, Génesis le sonreía, una mirada de profundo afecto en sus ojos. "Este Amor, Aria, está dentro de ti, dentro de todos nosotros. Es la esencia de lo que eres. Cuando vives desde este lugar de Amor, estás en armonía con el universo, con todo lo que es".

Con lágrimas de alegría corriendo por su rostro, Aria abrazó a Génesis, sintiendo el Amor del universo fluir a través de ella. Sabía que esta era la mejor lección de todas, la que la guiaría por el resto de sus días.

El amor no era solo un sentimiento, sino un estado de ser, una verdad que lo impregnaba todo. Con esta realización, Aria continuó su viaje, su corazón ahora el corazón del universo, latiendo en el tiempo con toda la creación.

9

DISCIPLINA

EL CAMINO DEL ALMA

Dejando atrás el oasis, el viaje de Aria la llevó a un denso bosque, donde el camino era estrecho y sinuoso, con raíces y ramas que amenazaban constantemente con hacerla tropezar. El camino a seguir es difícil, y requiere concentración y determinación.

Mientras navegaba por los giros y vueltas del bosque, comenzó a darse cuenta de que esta parte del viaje no se trataba solo de resistencia física, sino de algo más profundo, una prueba de su determinación interior.

Fue aquí donde Jerjes apareció nuevamente, su presencia una fuerza constante en medio del terreno desafiante.

"Aria," dijo Jerjes, con la voz tranquila y tranquilizadora, "has aprendido muchas virtudes en tu viaje, pero ahora es el momento de aprender la virtud de la disciplina. Este camino que recorres no es solo físico, sino un camino del alma".

Aria hizo una pausa, recuperando el aliento. "¿Disciplina? Pero he enfrentado muchos desafíos. ¿No es suficiente?"

Jerjes meneó la cabeza, con la mirada firme. "La disciplina no se trata solo de enfrentar desafíos; se trata de mantener tu compromiso con el camino, incluso cuando es difícil. Es la práctica de alinear tus acciones con tus más altas intenciones, día tras día, momento tras momento".

Mientras hablaba, Aria sintió un cambio dentro de ella. Ella siempre había sido impulsada por sus pasiones, por su deseo de buscar la verdad, pero ahora se dio cuenta de que la pasión por sí sola no era suficiente. Para caminar verdaderamente por el camino del alma, ella necesitaba Disciplina, la capacidad de mantener el curso incluso cuando el camino era difícil, incluso cuando su voluntad flaqueaba.

Jerjes hizo gestos hacia el camino que tenía por delante, que parecía extenderse sin cesar. "La disciplina es la base de todo crecimiento, Aria. Es lo que te permite convertir tus intenciones en realidad, hacer realidad tus sueños. Sin ella, incluso la más grande de las visiones seguirá siendo precisamente eso: visiones".

Aria asintió, entendiendo ahora la importancia de esta virtud. Había llegado tan lejos, pero sabía que el viaje estaba lejos de terminar. La disciplina sería la clave para llevarlo a cabo hasta el final.

Con renovada determinación, continuó en el camino, cada paso fue una elección consciente para mantenerse fiel a su propósito. El bosque ya no parecía tan intimidante, pues ahora sabía que tenía dentro de sí la fuerza necesaria para atravesarlo.

La disciplina no se trataba de perfección, sino de persistencia. Era la llama constante que la llevaría a través de las noches más oscuras, la luz guía que la mantendría en el camino del alma.

10

PERSEVERANCIA

LA MONTAÑA DE LAS PRUEBAS

El bosque finalmente dio paso a una vasta cordillera, los picos se elevan muy por encima, sus cumbres envueltas en nubes. El aire era fino y frío, y el camino por delante era empinado y traicionero.

Aria se paró en la base de la montaña, mirando hacia arriba a la enorme subida delante de ella. El viaje hasta ahora la había puesto a prueba de muchas formas, pero sabía que este ascenso final sería el mayor desafío hasta ahora.

Fue aquí donde el Martín Pescador apareció una vez más, su plumaje brillante contrastaba marcadamente con la piedra gris de la montaña.

"Esta es la Montaña de las Pruebas, Aria" dijo el Martín Pescador, con la voz llena tanto de advertencia como de ánimo. "Para alcanzar la cumbre, debes encarnar la virtud de la perseverancia. No basta con ser fuerte, hay que ser firme".

Aria asintió, acercándose para la subida. Comenzó el ascenso, el frío mordiéndose la piel, el viento aullando en sus oídos. El camino era empinado, las rocas sueltas bajo los pies, y con cada paso, sentía el peso del agotamiento presionando hacia abajo sobre ella.

Pero Aria no se detuvo. Seguía moviéndose, incluso cuando le temblaban las piernas de fatiga, incluso cuando le llegaba el aliento jadeante. Ella sabía que la perseverancia no se trataba solo de la resistencia física, sino de la voluntad de seguir adelante, sin importar lo difícil que se volviera el viaje.

Cuanto más alto subía, más se le resistía la montaña. El camino se estrechó, los vientos se hicieron más fuertes, y hubo momentos en que sintió que no podía dar un paso más.

Pero en esos momentos de duda, recordó las lecciones que había aprendido: la honestidad para ver sus miedos, la esperanza para iluminar su camino, la fe para confiar en lo desconocido, el valor para enfrentar las pruebas, la integridad para mantenerse fiel a sí misma, la disposición para abrazar el viaje, la humildad para aceptar su lugar, el amor que la conectaba con todos y la disciplina para seguir avanzando.

Cada virtud se convirtió en un escalón, elevándola más alto, acercándola a la cumbre.

Finalmente, después de lo que se sintió como una eternidad, Aria alcanzó la cima. La cumbre era una pequeña meseta, el cielo despejado arriba, el mundo se extendió bajo ella en todo su esplendor.

El Martín Pescador aterrizó a su lado, con los ojos llenos de orgullo. "Has aprendido la lección de la perseverancia, Aria. Es la virtud que te lleva a través de las noches más oscuras, los viajes más largos. Es la fuerza para seguir adelante, incluso cuando el camino es difícil, incluso cuando todo parece perdido".

Aria miró hacia el mundo, su corazón lleno de un profundo sentido de logro. Había enfrentado las pruebas, había perseverado, y ahora estaba en la cumbre, lista para continuar su viaje.

La perseverancia no se trataba solo de llegar al final, sino del viaje en sí, de la fuerza para seguir avanzando, sin importar los obstáculos.

11

CONCIENCIA

EL OJO DEL ALMA

Desde la cumbre de la montaña, el camino de Aria la condujo a un lugar distinto a cualquiera que había visto antes: una vasta extensión de cielo abierto, donde el suelo parecía desaparecer debajo de ella, dejándola de pie en el borde mismo del universo.

Aquí, las estrellas estaban lo suficientemente cerca como para tocarse, y el aire estaba lleno del suave zumbido del cosmos. Era un lugar de profundo silencio, donde el único sonido era el latido de su propio corazón.

Fue en este lugar donde Génesis apareció una vez más, su forma luminosa contra el telón de fondo del universo.

"Bienvenida al Reino de la Conciencia, Aria", dijo Génesis, con su voz resonando con la música de las esferas. "Aquí es donde aprenderás la virtud final: la conciencia, el ojo del alma".

Aria miró a su alrededor asombrada, sintiendo la inmensidad del universo dentro y alrededor de ella. "¿Qué es la conciencia, Génesis? ¿Cómo se logra?"

Génesis sonrió, sus ojos se llenaron de sabiduría infinita. "La conciencia es la capacidad de ver más allá de la superficie, de percibir las verdades más profundas de la existencia. Es el estado de estar plenamente presente, plenamente consciente tanto de ti misma como del mundo que te rodea. Es el reconocimiento de que todas las cosas están conectadas, que todo es uno".

Mientras hablaba, Aria sintió un cambio en su percepción. Las estrellas a su alrededor parecían brillar más, el zumbido del cosmos se hizo más claro y podía sentir el pulso del universo en su propio corazón.

"La conciencia no se trata solo de ver con los ojos", continuó Génesis, "sino de ver con el alma. Es la capacidad de percibir lo divino en todas las cosas, de reconocer la unidad de toda existencia".

Aria cerró los ojos, dejando que la energía del universo fluyera a través de ella. Sintió cómo se expandía, su conciencia fusionándose con el cosmos, hasta que ya no era solo Aria, sino parte del todo: una gota en el océano de la existencia.

Cuando abrió los ojos, el mundo a su alrededor había cambiado. Podía ver las conexiones entre todas las cosas, los hilos de luz que tejían el tejido del universo. Podía verse a sí misma, no como un ser separado, sino como parte del gran tapiz de la vida.

"Esto es Conciencia, Aria" dijo Génesis, con su voz un suave eco en la inmensidad. "Es el ojo del alma, la capacidad de ver más allá de la ilusión de la separación, de percibir la verdad de la unidad. Cuando vives con Conciencia, vives en armonía con el universo, en alineación con lo divino".

Aria sentía una profunda sensación de paz, una claridad de visión que nunca había conocido antes. Ella agradeció a Génesis, su corazón rebosante de gratitud, y continuó su viaje, su alma ahora completamente despierta a la verdad de la existencia.

12

SERVICIO

EL REGALO DEL SER

Con la virtud de la Conciencia ahora como parte de ella, Aria se encontró en la etapa final de su viaje. El camino la llevó a un gran templo, un lugar de luz y belleza, donde las paredes estaban hechas de cristal, y el aire tarareaba con la energía del universo.

Al entrar en el templo, fue recibida por dos grupos de seres cósmicos: las Alas de Mercurio y la Hermandad del Sol. Estos seres de luz y sabiduría habían guiado su camino desde el principio, aunque ella no siempre había sido consciente de su presencia.

"Bienvenida, Aria" dijo el líder de las Alas de Mercurio, con su voz como el tintineo de las campanas. "Has aprendido las virtudes, y ahora es el momento de aprender la lección final — Servicio".

Aria los miró, con el corazón lleno de un profundo sentido del propósito. "¿Qué es servicio? ¿Cómo puedo servir?"

La líder de la Hermandad del Sol dio un paso adelante, su presencia cálida y nutritiva. "El servicio es el don del Ser, Aria. Es el acto de dar de ti a los demás, al mundo, al universo. Es el reconocimiento de que tu viaje no es solo para ti, sino para todos los seres. Cuando sirves, te conviertes en un recipiente de lo divino, un canal a través del cual fluye la luz del universo".

Mientras hablaba, Aria sentía una profunda conexión con todo lo que la rodeaba. Ahora comprendía que su viaje no se había centrado solo en su propio crecimiento, sino en prepararla para servir a los demás, para compartir la sabiduría que había adquirido, para ser una luz en el mundo.

El templo a su alrededor parecía brillar más, y Aria sintió la presencia del Ser, el Mago divino, la fuente de todas las cosas. Ella entendió ahora que el Servicio no era solo un acto, sino un estado de ser, una forma de vivir en armonía con el universo, en alineación con lo divino.

Con un corazón lleno de amor y un alma llena de luz, Aria dio un paso adelante, lista para abrazar su nuevo papel. Sabía ahora que su viaje apenas comenzaba, que el camino del Servicio la llevaría a lugares que aún no podía imaginar, pero estaba lista.

Porque ella había aprendido la verdad más grande de todas: que todos somos Uno, que el universo es un gran tapiz de amor y luz, y que la alegría más grande viene de servir a esa luz, de ser parte de la danza de la creación.

Y así, Aria emprendió su nuevo viaje, con el Martín Pescador a su lado, Jerjes guiando sus pasos, Génesis iluminando su camino, y las Alas de Mercurio y la Hermandad del Sol vigilándola.

Porque ella era ahora una sierva del universo, un faro de luz, una vasija de lo divino.

Y la magia del Martín Pescador, el Fénix y el Yo vivieron en ella y en todos los seres, por siempre y para siempre, en la danza eterna de la vida, la muerte y el renacimiento.

EPÍLOGO

LA UNIDAD DE TODO

Al final, el viaje de Aria no fue solo suyo, sino un reflejo del viaje que todos los seres hacen. Fue un recordatorio de que todos estamos conectados, que todos somos Uno, y que las virtudes de la Honestidad, Esperanza, Fe, Valor, Integridad, Disposición, Humildad, Amor, Disciplina, Perseverancia, Conciencia y Servicio son las claves para vivir en armonía con el universo.

Porque en el gran tapiz de la existencia, todos somos hilos, tejidos juntos en un patrón de infinita belleza y complejidad. Cada uno de nosotros tiene un papel que desempeñar, una luz que brilla, una verdad que compartir y un regalo - una medicina - que dar para ayudar a otros en su camino.

Y mientras caminamos por nuestros propios caminos, nunca estamos solos, porque el Martín Pescador, el Fénix, el Ser, y todos los seres de luz y sabiduría están con nosotros, guiándonos, enseñándonos, amándonos.

Al final, querido lector, recuerda esto: Eres una parte del universo, un hilo en el gran tapiz de la existencia. Abraza tu viaje con amor, con luz y con el conocimiento de que nunca estas solo.

Porque todos somos Uno, eternamente conectados, infinitamente divinos.

Y la magia del Rey Pescador vive dentro de ti, por siempre y para siempre...

...Está dentro de ti.

El último lugar que probablemente verás.

Pero ahí está.

Ahí está la magia de la vida esperando ser recordada.

Esperando a que se realice.

¡Está esperando ser encarnado eternamente... como TÚ!

"Una vez más... como antes". Dijo el Martín Pescador.

¡Recuerda la magia!

APÉNDICE I

MENSAJES DE LAS ALAS DE MERCURIO

Abraza tu Luz Interior:

Las Alas de Mercurio, mensajeros del Ser, enseñan que cada ser lleva una chispa de luz divina dentro. Esta luz no es solo una guía a través de la oscuridad, sino un faro que puede iluminar el camino para otros. Al abrazar tu luz interior, te alineas con tu verdadero propósito, permitiendo que tus acciones reflejen el amor divino y la sabiduría que fluye a través de ti. Es esta luz la que los conecta con la mayor armonía cósmica, recordándoles que tu existencia es única e interconectada con todo lo que es.

Confía en el Flujo Divino:

Las Alas de Mercurio enfatizan la importancia de confiar en el flujo divino de la vida. Nos recuerdan que el universo opera en perfecta armonía, incluso cuando no podemos ver el panorama general. Al rendirte a este flujo, te abres a las infinitas posibilidades que el universo tiene reservadas para ti. Confiar en este flujo significa dejar ir el miedo y la resistencia, permitiendo que el universo te guíe hacia tu bien más elevado con gracia y facilidad.

Servir con compasión y humildad:

Las Alas de Mercurio animan a todos los seres a servir a los demás con compasión y humildad. El servicio no se trata de buscar reconocimiento o recompensa, sino de ofrecer desinteresadamente tus talentos y amor por el mejoramiento de todos. Al servir con un corazón abierto, te conviertes en un canal para lo divino, extendiendo la paz, el amor y la curación por todo el universo. Este acto de servicio es una poderosa expresión de unidad, recordándonos que to-

dos somos uno, y que a través del servicio, contribuimos a la elevación colectiva de todos los seres.

A tiempo:

El infinito no se mide ni se cuenta dentro del espectro del tiempo. Está más allá de la ilusión de una progresión lineal y secuencia de eventos. Más bien, simplemente es: plena, completa y eternamente.

En el punto de mira (de la conciencia):

Recuerda que la co-creación con lo que es infinito es una gran alegría para el alma. La paradoja y el misterio se combinan para producir puertas dentro del Ser. Más está siendo revelado mientras Ella camina a través de Su propio olvido feliz. Las aguas místicas derivan por lo desconocido profético en ondas de Conciencia de Sí Mismo. Un viaje sin fin, encontramos sentido y propósito dentro de Aquel que se ríe con todos nosotros. Todo lo que siempre fue, es y será, encuentra existencia ahora. Los hermosos arrepentimientos liberan lágrimas de miedos y temores para aquellos que viven con la mente y el corazón juntos, divinamente conectados. Doce pulgadas entre los dos, conciencia de un puente para la conexión en unidad. Aquí está tu regalo...

APÉNDICE II

LA HERMANDAD DEL SOL SUSURRA

E Pluribus Unum:

¿Cuándo seremos fieles a las palabras: "E Pluribus Unum", ¿en pensamiento, acción y ser? Porque no hay muros en el cielo, ni fronteras en Valhalla, ni separación en Satori, ni restricciones en Jannah. Porque somos Uno con todos, y el Uno es todo infinitamente. Igual que el amor expresado divinamente dentro de cada corazón nuestro. Conoce tu Ser y sé verdadero, ahora y siempre. Porque unidos estamos de pie, no sea que caigamos... divididos – separados por ilusiones de 'nosotros y ellos'.

El niño interior:

Un regreso al niño interior, no en codependencia, sino con asombro y temor de la belleza de la vida y la firme creencia en la magia de la creación misma. Y que somos parte de eso en el fondo. El niño interior sabe esto y presencia lo nuevo con una pureza de inocencia y de alegría, que rivaliza con la magnitud de dicha contenida en la sonrisa más brillante de los ángeles.

Honra la Tierra como Sagrada:

Las Hermanas del Sol enseñan que la Tierra es una entidad viviente, que respira y merece reverencia y cuidado. Nos recuerdan que toda vida está interconectada, y que al honrar a la Tierra, nos honramos a nosotros mismos y a las generaciones futuras. Cada árbol, río, montaña y criatura es parte de un delicado equilibrio que sostiene la vida. Al tratar la Tierra como sagrada, nos alineamos con los ritmos naturales del universo, fomentando un profundo respeto y amor por todos los seres vivos.

Vive en armonía con la naturaleza:

Las Hermanas del Sol destacan la importancia de vivir en armonía con la naturaleza, reconociendo que el bienestar de la humanidad está intrínsecamente ligado a la salud del planeta. Nos alientan a vivir de forma sostenible, a ser conscientes de nuestro consumo y a proteger el mundo natural de cualquier daño. Al vivir en armonía con la naturaleza, contribuimos a la curación de la Tierra, asegurando que su belleza y abundancia puedan ser disfrutadas por todas las criaturas para las generaciones venideras.

Alimenten la Luz Interior de Todos los Seres:

Las Hermanas del Sol abogan por alimentar la luz interior de todos los seres, reconociendo la presencia divina en cada alma. Enseñan que el amor, la compasión y la bondad son las fuerzas más poderosas del universo, capaces de transformar incluso las circunstancias más oscuras. Al alimentar la luz interior de los demás —ya sea a través de actos de bondad, apoyo o simplemente reconociendo su valor inherente— creamos un efecto dominó de positividad y sanación que se extiende por todo el mundo, contribuyendo a la evolución colectiva de la humanidad y la Tierra.

APÉNDICE III

TRANSMISIONES DE GÉNESIS

La unidad de todos los seres:

Génesis enseña que la humildad comienza con la comprensión de que todos los seres, independientemente de su forma u origen, son expresiones de la misma esencia divina. En su reino de existencia, no hay jerarquía, solo el reconocimiento del valor intrínseco en cada alma. Al abrazar esta verdad, aprendemos a acercarnos a los demás con reverencia y compasión, viéndolos como reflejos de la misma luz que reside dentro de nosotros.

La danza de la interconexión:

En el reino de Génesis, toda la existencia es vista como una vasta danza interconectada de energía y conciencia. Ella imparte que la humildad viene de reconocer nuestro papel en esta danza, no como el centro, sino como uno de los muchos participantes vitales. Este entendimiento fomenta el respeto por las contribuciones de todos los seres, enseñándonos a transitar por la vida con gracia, conscientes del delicado equilibrio que sostiene el cosmos.

El poder de la rendición:

Génesis comparte que en su reino, la verdadera sabiduría no se encuentra en el control, sino en el poder de la rendición. La humildad es la capacidad de dejar ir la necesidad de dominar o dictar el flujo de la vida, confiando en cambio en la inteligencia divina que orquesta el universo. Al entregar nuestros deseos egoístas, nos abrimos a la sabiduría y el amor ilimitados que impregnan toda la existencia.

El reino más allá del tiempo y el espacio:

La existencia de Génesis trasciende las limitaciones del tiempo y el espacio, ofreciendo una perspectiva de la realidad donde todos los momentos y lugares convergen en un singular ahora. Ella enseña que la humildad implica ir más allá de nuestras percepciones limitadas y abrazar la inmensidad del universo. Esta mayor conciencia nos permite ver nuestras vidas como parte de un tapiz mucho más grande, fomentando un profundo sentido de humildad frente al infinito.

La sabiduría del silencio:

Génesis enfatiza que en su reino, el silencio es una fuente profunda de sabiduría. La humildad no solo se encuentra en las palabras y acciones, sino en la capacidad de escuchar profundamente: al universo, a los demás y a nuestro ser interior. En el silencio, conectamos con la sabiduría universal que trasciende el lenguaje, aprendiendo a apreciar los misterios que no se pueden hablar, solo sentir. Este silencio alimenta la humildad, recordándonos que las verdades más profundas a menudo están fuera del alcance de las palabras.

www.ingramcontent.com/pod-product-compliance
Lightning Source LLC
Chambersburg PA
CBHW051511050726
47594CB00010B/4055